Zwergkaninchen

Verhalten • Pflege • Ernährung

BELLAVISTA

Inhalt

Vorwort

Wenn Sie vorhaben, sich ein Haustier anzuschaffen, ist es wichtig, dass Sie sich im Voraus richtig informieren - auch wenn es sich um ein so kleines Tier wie das Zwergkaninchen handelt.

Passt das Tier in Ihre Familie? Wie intensiv muss man sich um das Kaninchen kümmern, und wie steht es um den finanziellen Aspekt? Kann man mit dem Tier schmusen, oder lässt es sich lieber aus einem sicheren Abstand betrachten?

Dieses Buch beschreibt die verschiedenen Rassen von Zwergkaninchen, ihre Charaktereigenschaften und Bedürfnisse. Auch dient es als Ratgeber zur verantwortungsvollen Pflege, wobei verschiedene Aspekte des Zwergkaninchenlebens erläutert werden.

Wer sich für die Zwergkaninchenzucht interessiert, kann mit diesem Buch die ersten Schritte auf dem Weg zu einem interessanten, vielseitigen Hobby machen.

about pets

Originalausgabe © About Pets

Originaltitel: Het dwergkonijn

Copyright © 2005 für die deutsche Ausgabe:

BELLAVISTA

ein Imprint der Verlag Karl Müller GmbH, Köln

Redaktion: Claudia Dziallas
Umschlaggestaltung: Gordian Jenal
Bildnachweis / Farbfotos: Rob Dekker, Rob Doolaard, Henk van Welzen und Vitakraft

Druck und Bindung: Printworks International

Printed in China
ISBN: 3-8336-0517-0
www.bellavista-verlag.de

Allgemeines

Zwergkaninchen werden in Europa aus drei verschiedenen Gründen gehalten: als Haustier, als Ausstellungstier und als Versuchstier.

Viele Hobbyzüchter halten Zwergkaninchen, um die schönsten Exemplare zu züchten, neue Farbschläge oder gar ganz neue Rassen zu entwickeln. Bei vielen Züchtern ist das Zwergkaninchen sehr beliebt, weil es relativ klein ist: Zehn Flämische Riesen nehmen viel mehr Platz ein als zehn Zwergkaninchen. Leider werden Zwergkaninchen wie auch Kaninchen immer noch zu Versuchszwecken missbraucht. Oftmals handelt es sich in diesen Fällen um weiße Flämische Riesen, Weiße Wiener und Polen.

Dieses Buch handelt namentlich vom Zwergkaninchen als Haustier. Diese Minikaninchen mit ihrem putzigen Äußeren sind besonders beliebt. Sie werden vor allem von Kindern gehalten. Das heißt jedoch nicht, dass es Kuscheltiere sind, sie haben durchaus ihren eigenen Willen und spezielle Bedürfnisse.

Abstammung

Das Zwergkaninchen stammt, wie alle Kaninchenrassen, vom gewöhnlichen Europäischen Wildkaninchen ab. Es ist ein Säugetier, im Gegensatz zu dem, was viele Menschen denken, jedoch kein Nagetier! Kaninchen gehören vielmehr der Ordnung der Hasentiere (*Lagomorpha*) an.

Das weit verbreitete Missverständnis, dass Kaninchen und Hasen der Ordnung der Nagetiere (*Rodentia*) angehören, kommt nicht von ungefähr. Ursprünglich wurden die Langohren tatsächlich der Ordnung der Nagetiere

zugeordnet. Aus wissenschaftlichen Untersuchungen und Fossilen ist später jedoch eindeutig hervorgegangen, dass zwischen Hasen und Kaninchen einerseits und Nagetieren andererseits keine nahe Verwandtschaft besteht. Wenn man sehr weit zurückblickt, stellt sich heraus, dass Hasentiere eher eine Verwandtschaft zu Huftieren haben.

Die frühesten Vorfahren der Hasentiere stammen wahrscheinlich aus der Kreidezeit. Es wird angenommen, dass diese Insektenfresser aus der Gattung *Pseudictops* waren. Diese Insektenfresser wiederum haben sich zu einem Typus entwickelt, der damals schon so aussah wie die Hasen und Kaninchen, die wir heutzutage kennen.

Zur Ordnung der Hasentiere gehören ca. 20 Hasengattungen, 30 Kaninchengattungen und 10 Pfeifhasengattungen. Vom Pfeifhasen abgesehen, sehen diese Gattungen einander alle ähnlich. Und alle ähneln ihren gemeinsamen Vorfahren, obwohl es sie nahezu überall auf der Welt gibt, in vielen verschiedenen Gebieten und Klimazonen.

Viele Tierarten haben sich im Laufe der Zeit veränderten Temperaturen und Lebensräumen angepasst. Hasen und Kaninchen jedoch kaum: Sie haben noch viele primitive Merkmale. Das heißt, dass diese Tiere im Stande sind, ohne besondere Anpassungen nahezu überall zu überleben. Jedoch haben die Hasentiere, wie fast alle in der Natur lebenden Tierarten, die Farbe des Felles ihrem Lebensraum angepasst: weiß im Schnee, gelbgrau in der Prärie und dunkelgrau im Wald.

Hasentiere gibt es fast überall auf der Welt vom Nordpol bis Australien. Die einzigen Gebiete, wo man sie nicht findet, sind der Südpol, Madagaskar, Teile Indonesiens und der Süden Südamerikas. Wilde Hasentiere haben ein einfaches Gehirn. Sie sind also nicht besonders intelligent. Das gleichen sie jedoch mit einem hoch entwickelten Gehörsinn und einem ausgezeichneten Geruchssinn aus. Nur wenige Arten bringen Laute hervor. Größe und Gewicht variieren zwischen 12 cm und 100 g bis zu 70 cm und 7 kg.

Nagezähne

Eine der wenigen Gemeinsamkeiten von Kaninchen und Nagetieren sind die Nagezähne.
Auch Kaninchen haben ständig wachsende, wurzellose Vorderzähne, zwei im oberen und zwei im unteren Kiefer. Diese Zähne sind zwar besonders stark, nutzen sich jedoch durch das viele Nagen ab. Die Natur hat hierfür eine Lösung gefunden: Die Zähne wachsen ständig weiter, ein ganzes Kaninchenleben lang. Dies hat jedoch auch einen Nachteil. Wenn die oberen und unteren Zähne nicht mehr richtig aufeinander passen,

Wildkaninchen

zum Beispiel durch einen schief gewachsenen Kiefer oder eine Verletzung, werden sie nicht mehr durch die gegenüber liegenden Zähne abgenutzt. Sie wachsen dann immer weiter, manchmal sogar bis in den Kiefer hinein. Mehr zu diesem Thema lesen Sie im Kapitel “Gesundheitsvorsorge und Krankheiten”.

Unterschiede

Obwohl beide Arten Hasentiere sind, sind Hasen und Kaninchen grundverschiedene Tiere. Nicht nur vom Äußeren her, sondern auch was Fortpflanzung und Verhalten betrifft. Der Feldhase (*Lepus europaeus*) ist erheblich größer und schwerer als das Europäische Kaninchen und hat längere Ohren. Der Hase ist ein schneller Langstreckenläufer, der sehr hoch springen kann. Das Kaninchen ist ein besonders wendiger Sprinter. Hasen bauen ein überirdisches Nest (Sasse), und es gibt sie auch in den Bergen. Kaninchen hingegen graben eine Höhle (Bau) und leben im Hügelland. Hasen leben solitär und suchen sich erst einen Partner, wenn sie sich vermehren wollen. Kaninchen leben in großen Gruppen. Hasen werfen nach einer Tragezeit von ca. 43 Tagen zwei bis vier Junge, die sofort laufen und sehen können (Nestflüchter). Kaninchen hingegen werfen nach etwa 30 Tagen mehrere Junge (bis zu zwölf), die drei Wochen in der Höhle bleiben. Sie kommen nackt, blind und taub zur Welt (Nesthocker).

Das Europäische Wildkaninchen

Wie gesagt, stammen alle Kaninchen- und Zwergkaninchenrassen vom Europäischen Wildkaninchen ab. Dieses Kaninchen hat ein bräunlich-graues Fell, das manchmal sehr unregelmäßig ist. Der Bauch ist weiß. Das Schwänzchen ist an der Oberseite fast schwarz, an der Unterseite weiß. Der Körper ist 35-50 cm lang, das Schwänzchen 4-8 cm und die Ohren 6,5-7,3 cm. Das Gewicht liegt zwischen 1,3 und 2,5 kg. Das Europäische Wildkaninchen lebt in West- und Mitteleuropa, von Spanien bis Südschweden, und von Irland bis Ungarn. In Italien gibt es das Tier nur in wenigen Gebieten. Wilde Kaninchen leben vor allem in offenen Landschaften wie Wiesen, Dünen, Feldern und auf der Heide, und manchmal in nicht zu dicht bewachsenen Wäldern. Im Bergland gibt es sie nicht über 900 m. Sie bevorzugen Sandgebiete.

Domestikation

Die Römer waren die ersten Menschen, die Kaninchen als Haustiere hielten. Zur Zeit des Römischen Reiches gab es in Italien noch keine Kaninchen. Nach der Eroberung Spaniens entdeckten die Römer jedoch, wie schmackhaft Kaninchenfleisch ist. Sie fingen die Tiere ein und nahmen sie mit nach Italien. Dort wurden sie in die freie Natur ausgesetzt. Später bauten die Römer spezielle Kaninchenparks, die so genannten Leporarien, in denen sie die Tiere in Gefangenschaft hielten. Im Mittelalter war das Kaninchen die beliebteste Jagdbeute für den Adel. Die Tiere wurden speziell zu diesem Zweck in bestimmten Regionen ausgesetzt. Der deutsche Zoologe Hans Nachtheim hat die Domestikation (Haustierwerdung) des Kaninchens erforscht. Er kam zu der Schlussvolgerung, dass die ersten zahmen Kaninchen in französischen Klöstern gezüchtet wurden. Er stützte sich dabei auf Beschreibungen aus dem 16. Jahrhundert, in denen zum ersten Mal verschiedene Farbschläge beschrieben wurden. Dieser Vorgang der Domestikation hatte im Laufe der Zeit zur Folge, dass sich das zahme Kaninchen abweichend von seinen wilden Artgenossen entwickelt hat. So hat es bedeutend schlechtere Augen und Ohren und wohlgemerkt 22% weniger Hirnmasse. Zahme Kaninchen können sich das ganze Jahr über vermehren, ihre wilden Vetter dagegen werfen nur im Frühjahr.

Entstehungsgeschichte des Zwergkaninchens

Die ersten Kaninchen wurden so groß wie möglich gezüchtet, weil so der Fleischertrag am größten war. Gleichzeitig versuchte man, schöne Farben zu züchten, da die Felle zur Herstellung von Pelzmänteln genutzt wurden. Auf diese Weise entstanden die ersten Farbvarietäten.

Diese weißen Kaninchen wurden von Polen nach England verschifft. Dort haben Hobbyzüchter versucht, die Tiere so klein wie möglich zu züchten. Die ersten Zwergkaninchen stammen also aus England, wo sie den Namen „Polish" bekamen (nach ihren weißen, polnischen Vorfahren). Später haben vor allem Züchter aus den Niederlanden, Deutschland und England die verschiedenen Rassen entwickelt. So ist z.B. der Deutsche Kleinwidder ein rein deutsches Zuchtprodukt.

Pole

Verhalten

Obwohl das Zwergkaninchen völlig domestiziert ist, erinnert sein Verhalten in mancher Hinsicht an das seiner wilden Artgenossen.

Auffällig ist vor allem das so genannte Fluchtverhalten, welches charakteristisch für die Gattung ist. Bei Gefahr schlagen die Kaninchen Alarm, indem sie mit ihren Hinterläufen auf den Boden trommeln. In freier Wildbahn verhalten sie sich genauso, wenn sie Gefahr wittern. Dieses Trommeln mit den Hinterläufen wird „Klopfen" genannt. Das Kaninchen ist ein reinliches Tier, auch in freier Wildbahn. Hier findet man natürliche Toiletten, wo die Tiere immer ihr Geschäft verrichten. In Menschenobhut wird das Kaninchen immer dieselbe Ecke des Käfigs benutzen.

Charakter

Es gibt erhebliche Unterschiede zwischen den Charakteren der verschiedenen Kaninchenrassen. So kann man den Charakter des Widders als gutmütig und anhänglich beschreiben. Diese Eigenschaft ist auch bei den größeren Widderkaninchen deutlich vorhanden. Es gibt aber - wie bei allen Tieren - auch scheue oder nicht so anhängliche Kaninchen. Wichtig ist, dass schon die Jungtiere Kontakt mit Menschen hatten.

Gesellschaftstier oder Schmusetier?

Manche Menschen kaufen ein Kaninchen oder ein anderes Haustier als Spielkameraden für ihre Kinder, damit diese mit dem Tier spielen können. Lebende Tiere sind aber kein Spielzeug! Wenn Sie ein Kuscheltier für Ihre Kinder suchen, sollten Sie ein Stofftier in einem Spielwarengeschäft kaufen. So putzig und flauschig das Äußere eines Zwergkaninchens auch sein mag - Sie sollten wissen, dass es immer noch ein Tier ist. Das Kaninchen wird nicht glücklich sein, wenn es andauernd von Kinderhänden gestreichelt, gekämmt oder betatscht wird. Schmusen ist erlaubt, aber achten Sie auf einen goldenen Mittelweg, indem Sie dem Tier die notwendige Freiheit geben: Es braucht eine ruhige Nachtbehausung und Auslauf. So können die Kinder die Verhaltensweise ihres Lieblingstieres beobachten, ohne dass sie es andauernd in den Händen halten müssen.

Kinder und Zwergkaninchen

Die oben angeführten Argumente sollten natürlich nicht aussagen, dass man einem Kind kein Kaninchen schenken darf. Im Gegenteil, Zwergkaninchen eignen sich sehr gut als Kindertiere. Es ist jedoch wichtig, Ihrem Kind zu erklären, dass ein Kaninchen auch ein Lebewesen ist und man dessen Bedürfnisse berücksichtigen muss. So will auch das kleine Tierchen ab und zu in Ruhe gelassen werden. Wenn ein kleines, junges Kaninchen ins Haus kommt, müssen sowohl die Kinder als auch das Kaninchen aneinander gewöhnt werden: Das junge Kaninchen muss sich an die Menschenhände gewöhnen, und die Kinder müssen lernen, wie sie mit so einem zarten Wesen umgehen sollen. Das Kind sollte zuerst seine Hand vorsichtig und ruhig in den Käfig halten. Das Kaninchen wird daran schnüffeln und vielleicht ein wenig an den Fingern knabbern. Achten Sie darauf, dass das Kind sich nicht erschrickt und seine Hand ruckartig zurückzieht, wenn das Tier an einem Finger oder Fingernagel knabbert. Vor lauter Schreck könnte das Tier tatsächlich zubeißen. Vor Aufregung über den Neuerwerb sind Kinder meistens etwas hektisch, und auch das Kaninchen wird ziemlich aufgeregt sein. Daher sollte sich die Aufmerksamkeit für den neuen Hausgenossen in Grenzen halten. Das Kaninchen braucht auch seine Ruhe.

Anschaffung

Viel zu oft werden Haustiere spontan angeschafft. Sie gehen an einem Samstag gut gelaunt mit Ihren Kindern durch ein Einkaufszentrum und stolpern praktisch über einen Käfig mit putzigen Zwergkaninchen.

Bevor Sie wissen, wie Ihnen geschieht, hat die Familie einen neuen Hausgenossen.

Es bedarf keiner Ausführung, dass dies nicht die richtige Art und Weise ist, ein Haustier anzuschaffen. Manchmal geht es gut, aber oft läuft es schief. Haustiere brauchen eine Unterkunft, Nahrung, medizinische Versorgung und vieles mehr, was der Pflege und artgerechten Haltung dient. Auch wenn Sie nach einem langen Arbeitstag müde nach Hause kommen, die Kinder ihre Hausaufgaben noch machen müssen oder wenn der Urlaub vor der Tür steht, brauchen die Tiere Pflege und Aufmerksamkeit. Meistens versprechen Kinder in ihrer Begeisterung, dass sie das Tier versorgen werden. Wenn die Sache den Reiz des Neuen verloren hat, müssen sich dann meistens doch die Eltern darum kümmern.

Andererseits ist es auch so, dass ein Tier viel Freude bereitet. Es bringt Leben ins Haus und ein Stück Natur. Außerdem ist ein Zwergkaninchen ein liebenswürdiges, anhängliches Tierchen, das bestimmt die Herzen von groß und klein für sich gewinnen wird. Es ist jedoch von größter Wichtigkeit, dass Mensch und Tier zusammenpassen. Darum sollten Sie sich vorher gründlich über die Haltung Ihres gewählten Haustieres informieren. Was für eine Unterkunft braucht es, welche Lebensbedingungen, welche Nahrung, welche Pflege, wie viel Kosten werden anfallen?
Haben Sie genügend Zeit? Wenn

Sie vor dem eventuellen Kauf auf all diese Fragen eine Antwort haben, beugen Sie wahrscheinlich nachträglichen Enttäuschungen vor. Schaffen Sie also nie ein Haustier an, wenn Sie noch Zweifel haben!

Ein Zwergkaninchen oder mehrere?

Wenn Sie sich ein Zwergkaninchen anschaffen wollen, stellt sich wie von selbst die Frage: Wie viele? Zwergkaninchen können alleine gehalten werden. In diesem Fall sollte man einem Weibchen (Zibbe) den Vorzug geben. Männchen haben nämlich die Angewohnheit, mit Urin zu markieren, das so genannte Spritzen. Männchen tun dies meistens, wenn sie ein Weibchen wittern oder wenn sie schon ein Weibchen gedeckt haben. Artgerechter ist aber die Haltung zu zweien oder in einer Gruppe. Bei der Haltung mehrerer Kaninchen sollten Sie überlegt handeln. Ein Männchen und ein Weibchen bekommen früher oder später natürlich Nachwuchs. Nun ist es zwar ganz nett, einen Wurf Zwergkaninchen im Haus zu haben, aber nach dem zweiten oder dritten Mal sind wirklich alle Nachbarn, Bekannte und Freunde der Kinder mit Kaninchen versorgt. Und Sie können die Kleinen selbstverständlich nicht alle behalten! Wie einen Hund oder eine Katze kann man ein männliches Zwergkaninchen kastrieren. Das bringt allerdings Kosten mit sich. Falls Sie sich trotzdem entschließen, ein Pärchen zu halten, wählen Sie zwei nicht verwandte Tiere. Wenn sich Tiere aus derselben Familie fortpflanzen, spricht man von Inzucht. Kommt dies mehrmals vor, ist es schädlich für die Gesundheit der Nachkommen.

Wenn Sie zwei Kaninchen halten wollen, sich aber nicht um einen Wurf kümmern möchten, sollten Sie sich für zwei Weibchen entscheiden. Sie sind meistens etwas freundlicher zueinander. Bei zwei Männchen, die von Geburt an zusammen leben, ergeben sich meistens keine Probleme. Ausgewachsene sich fremde Männchen können sich jedoch sehr zu Leibe rücken.

Wer Zwergkaninchen züchten möchte, sollte sich am besten einem Kleintierzuchtverein anschließen. Dort gibt es erfahrene Züchter, die Anfängern gerne mit Tipps und Ratschlägen helfen.

Dieses Kaninchen bleibt kleiner als ....

... dieses Kaninchen.

Der "Ohrentrick"

Wenn Sie ein junges Kaninchen kaufen, von dem Sie nicht sicher wissen, ob es ein Rassekaninchen ist, können Sie nicht ermessen, wie groß es einmal werden wird, denn es gibt viele Mischlinge. Ein junges Kaninchen, das von einem Zwerg und einem normalen Kaninchen abstammt, kann so klein bleiben wie ein Zwergkaninchen, es kann aber auch die Größe eines normalen Kaninchens erreichen. Zur Illustration: Ein ausgewachsenes Zwergkaninchen wiegt ca. 800-1.000 g, während ein ausgewachsener Holländer 2-3 kg wiegt. Glücklicherweise ist es möglich, annähernd einzuschätzen, wie groß ein junges Kaninchen in etwa wird. Dafür gibt es einen Trick: Junge mit großen Ohren werden meistens groß, die mit kürzeren Ohren bleiben klein.

Worauf achten?

Beim Kauf Ihres Zwergkaninchens sollten Sie darauf achten:

- Ein gesundes Zwergkaninchen hat saubere, klare Augen, saubere Genitalien, ein sauberes und trockenes Näschen, saubere Ohren und Lippen ohne Krusten.
- Das Fell sollte ebenmäßig und glänzend sein. Die Haut sollte keine Wunden oder Schuppen aufweisen.
- Das Kaninchen sollte gut gefüttert, aber nicht zu fett sein. Es sollte kräftig sein und keinen Buckel oder eingefallene Flanken haben.
- Achten Sie auf die Atmung. Eine pfeifende oder röchelnde Atmung kann auf eine Infektion hinweisen.
- Der Kot sollte geformt sein. Nasser, weicher Kot kann auf eine (Darm-)Infektion hindeuten.

- Das Kaninchen sollte nicht zu jung sein. Während der Säugezeit bekommt das Junge lebensnotwendige Abwehrstoffe. Fragen Sie nach, wie alt das Tier ist und nehmen Sie kein Kaninchen, das jünger als acht Wochen ist. Kaufen Sie ebenfalls kein Tier, das zu leicht für sein Alter ist.
- Das Tier sollte jedoch auch nicht zu alt sein. Ältere Tiere haben eine geringere Lebenserwartung und auch mehr Schwierigkeiten, sich an eine neue Umgebung zu gewöhnen. Ältere Kaninchen erkennt man am Fell. Es glänzt nicht mehr so schön und hat manchmal kahle Stellen.
- Schauen Sie sich auch die anderen Tiere an, mit denen sich das Kaninchen Ihrer Wahl die Unterkunft teilen muss. Wenn diese Tiere nicht sehr vital oder gar krank aussehen, kann auch Ihrem Exemplar eine Krankheit in den Gliedern stecken. Kaninchen können von sehr ansteckenden Krankheiten befallen werden.
- Überprüfen Sie das Geschlecht des Tieres. Ausgewachsene Männchen erkennt man an den kleinen Hoden. Bei Tieren jeden Alters ist der Abstand zwischen After und Geschlechtsöffnung beim Böckchen größer als bei der Häsin.

Wo kaufen?

Es gibt verschiedene Möglichkeiten, sich ein Zwergkaninchen anzuschaffen. Die meisten werden in einer Zoofachhandlung verkauft. Meistens sind die Kaninchen, die dort erhältlich sind, von guter Qualität. Sehen die zum Verkauf angebotenen Tiere vital und gesund aus? Steht ihnen reichlich sauberes Trinkwasser zur Verfügung? Werden Sie ausreichend und vor allem zuverlässig beraten?
Auch wenn Sie einen guten Eindruck bekommen haben, ist es empfehlenswert, auf die Ohren zu achten: Sie möchten ja schließlich ein Zwergkaninchen haben.

Es gibt hierzulande viele Menschen, die sich mit der Zwergkaninchenzucht beschäftigen. Die meisten Züchter tun dies, um die schönsten Exemplare auf Ausstellungen bewerten zu lassen. Wenn sie nicht allen Anforderungen entsprechen, werden sie schon als Jungtiere ausgelesen und verkauft. Diese Kaninchen sind meistens gesund - sie haben nur nicht die richtige Farbe oder den perfekten Körperbau für eine Ausstellung. Auch hier sollte man jedoch Acht geben, denn es gibt auch weniger verantwortungsbewusste Züchter, die einfach nur ihre Tiere loswerden wollen. Außer diesen zuverlässigen Züchtern gibt es leider auch kommerzielle Kaninchenvermehrer. Diese haben nur ein Ziel vor Augen: So viele Tiere wie möglich zu züchten, um so schnell wie möglich Geld zu verdienen. Die Opfer leben oftmals in zugigen Schuppen, zusammengepfercht in viel zu kleinen Käfigen. Inzucht

und Krankheiten sind an der Tagesordnung. Die Händler bieten ihre Waren über Inserate oder auf Tiermärkten an. Wenn Sie bei diesen Händlern kaufen, tragen Sie zur Aufrechterhaltung dieser verwerflichen Zuchtfabriken bei. Kaufen Sie Ihr Kaninchen lieber in einer Zoofachhandlung oder auch auf einer der vielen Kleintierausstellungen, die es gerade im Herbst und Winter gibt. Ein Besuch dieser Veranstaltungen ist übrigens auch dann interessant, wenn Sie dort kein Zwergkaninchen kaufen möchten.

Transport

Wer ausreichend vorbereitet ein Zwergkaninchen kauft, bringt bestimmt einen Transportbehälter, einen Käfig oder eine Kiste mit, oder hat eine Transportbox beim Zoofachhändler erworben. Jedenfalls sollte man keinen gewöhnlichen Pappkarton benutzen, aus dem das Kaninchen eventuell heraushüpfen oder sich durchnagen kann. Ein im Auto herumhoppelndes Langohr kann sowohl für Sie als auch für das Kaninchen sehr gefährlich werden.

Achten Sie darauf, dass das Tier vor Regen und Wind geschützt ist. Für das junge Kaninchen ist ohnehin alles schon sehr stressig: die Trennung von der Mutter, der Aufenthalt im Geschäft und dann auch noch die Reise an einen unbekannten Ort. Lassen Sie das Kaninchen in den ersten Tagen so viel wie möglich in Ruhe. Geben Sie ihm die Möglichkeit, sich langsam an seine neue Umgebung zu gewöhnen. Wenn Sie das Kaninchen mit dem Auto abholen, dann lassen Sie das Tier nicht in der prallen Sonne im Wagen, während Sie noch schnell einkaufen gehen. Auch wenn die Außentemperatur nicht sehr hoch ist, drinnen kann es sehr heiß werden! Das gleiche gilt für kaltes Wetter. Auch hier ist ein längerer Aufenthalt nicht gerade gesundheitsfördernd, wenn das junge Kaninchen lange bei Frost im Wagen bleiben muss. Am besten fahren Sie sofort nach Hause.

Unterkunft

Um ein Zwergkaninchen in Menschenobhut artgerecht unterzubringen, ist es wichtig zu wissen, wie es in freier Wildbahn lebt.

Auch wenn das Kaninchen bei Ihnen zu Hause in einem Stall oder einem Käfig lebt, können Sie die natürlichen Lebensumstände einigermaßen nachbilden, so dass das Tier sich wohl fühlt.

In freier Wildbahn

Wilde Kaninchen leben vorzugsweise in sandigen, nicht zu dicht bewachsenen Gebieten. Es sind sehr gesellige Tiere, die in Familienverbänden leben. Die Kaninchenfamilie lebt in einer großen Höhle. Wenn die Familie größer wird, wird das Höhlensystem entsprechend erweitert.

Die Höhle besteht aus einem Wohnraum (Kessel), in den verschiedene Gänge münden. Man unterscheidet zwischen Hauptgängen und Fluchtwegen. Normalerweise benutzen die Tiere nur die Hauptgänge, doch im Notfall, zum Beispiel wenn ein Wiesel oder ein Frettchen einbricht, benutzen sie die schmaleren Notausgänge. Oftmals setzt sich eines der Tiere auf einen Ausguckposten, um so die Umgebung im Auge zu behalten. Die Höhlen sind innen kahl. Die Wurfhöhle befindet sich in einiger Entfernung vom eigentlichen Wohnraum. Diese Röhren werden mit getrocknetem Gras oder Stroh ausgelegt oder mit Haarbüscheln, die sich das Weibchen aus dem weichen Bauchfell zieht. Nach der Geburt der Jungen zieht sich die Mutter einige Male am Tag in die Wurfhöhle zurück, um sie zu säugen. Nach etwa 30 Tagen verlassen die Jungen die Höhle und gesellen sich zur Familie.

Haltung in Menschenobhut
Sie können ein Zwergkaninchen zwar draußen halten, es ist jedoch nicht ratsam. Zu Tieren, die draußen leben, haben Sie viel weniger Kontakt. Außerdem muss ein Kaninchenauslauf vor den oft unerfreulichen Witterungsverhältnissen unseres Klimas geschützt werden. Zudem hat sich herausgestellt, dass Tiere, die draußen gehalten werden, meist kürzer leben als solche, die im Haus leben.

Ein Schuppen wäre eine Alternative. In einem zugfreien Schuppen bekommen Zwergkaninchen ein wunderschönes, dichtes Fell. Die Luft in einem solchen Raum ist auch nicht zu trocken. Deswegen halten Hobbyzüchter ihre Tiere vorzugsweise in einem Schuppen oder Stall. Für den normalen Kaninchenfreund ist der Schuppen jedoch zu weit weg vom Wohnzimmer. Besonders wenn es regnet, hat nicht jeder Lust, rauszugehen. Auch in diesem Fall haben Sie wenig Kontakt zu dem Tier, und es wird sich bald einsam fühlen, wenn es keine Artgenossen um sich hat. Ein Kaninchen ist ein geselliges Tier, das nicht gerne alleine ist.

Ein Platz im Haus ist für ein Haustier die beste Lösung. Die Küche, besonders wenn sie ziemlich klein ist, kommt nicht in Betracht. Kochdunst und Qualm, wie er beim Braten mit Fett entsteht, ist schädlich für die Tiere. Dazu kommt, dass die meisten Menschen es für unhygienisch halten, Tiere in der Küche zu halten. Die Diele ist ebenfalls kein guter Platz, wegen der dort herschenden Zugluft. Ein Schlafzimmer, das tagsüber auch für andere Zwecke benutzt wird, ist eine gute Alternative. Wenn es jedoch nur nachts als Schlafraum benutzt wird, wird ein Kaninchen dort zu einsam sein.

Beim Züchter

Der beste Platz ist eigentlich das Wohnzimmer. Wie gesagt sind Kaninchen gesellige Tiere. Sie befinden sich gerne in unserer Nähe. Es gibt jedoch ein paar Punkte, die Sie beachten sollten:

- Ein Kaninchen verträgt keinen Lärm. Ob es sich um Rock, Klassik oder andere Musik handelt, für empfindliche Kaninchenohren ist es einfach Krach. Wenn Sie gerne laut Musik hören, sollten Sie einen anderen Platz für Ihr Kaninchen suchen oder einen Kopfhörer benutzen.
- Wie die meisten Haustiere mögen auch Kaninchen keinen Zigarettenqualm. Wenn im Wohnzimmer stark geraucht wird, ist auch hier nicht der richtige Platz für den Käfig.
- Der Käfig sollte auch nicht direkt in der Sonne stehen. Auch im Winter kann die Temperatur zu hoch ansteigen: Fenster können wie Brenngläser wirken!
- Zugluft ist für Kaninchen lebensgefährlich. Darum sollten Sie den Käfig nicht auf den Boden stellen. Eine Stelle auf einem Schränkchen oder Tisch ist empfehlenswert. Stellen Sie den Käfig an eine Wand oder in eine Ecke, damit das Kaninchen seine Ruhe hat. Auf diese Weise hat es das Gefühl, dass es Rückendeckung hat.
- Selbstverständlich ist ein Platz am Ofen oder an der Heizung ausgeschlossen.

Käfige bei einem Hobbyzüchter

Verschiedene Unterkünfte

In Zoofachhandlungen werden Käfige in verschiedenen Ausführungen und Abmessungen angeboten. Es ist nicht leicht, eine Wahl zu treffen. Der Käfig sollte jedoch bestimmten Ansprüchen genügen:

- Er sollte so groß wie möglich sein.
- Der Käfig muss ausbruchssicher sein.
- Gute Lüftung sollte gewährleistet sein.
- Der Käfig sollte hell und freundlich sein.
- Es dürfen keine scharfen Kanten vorhanden sein, sonst besteht Verletzungsgefahr.
- Der Käfig sollte leicht zu säubern sein.
- Er muss sicher sein für Mensch und Tier.
- Der Käfig sollte leicht zugänglich sein.

Der Käfig sollte natürlich groß genug für das Tier sein. Was aber ist groß genug? Jeder Käfig stellt für das Tier eine Beschränkung seiner Freiheit dar. Aus diesem Grund ist er eigentlich nie zu groß.

Für Kaninchen, die regelmäßig Freilauf haben, gilt folgende Faustregel: Ein ausgewachsenes Tier sollte sich der Länge nach auf die kurze Seite des Käfigs legen können. Die lange Seite des Käfigs ist mindestens doppelt so lang. Für ein Zwergkaninchen wäre das Mindestmaß also

80x50x50 cm. Berücksichtigen Sie, dass Kreuzungen zwischen einem Zwergkaninchen und einem normalen Kaninchen viel größer werden können. Zwei Zwergkaninchen oder ein Zwergkaninchen und ein Meerschweinchen - die übrigens miteinander auskommen - brauchen natürlich viel mehr Platz.

Selbstredend sollte der Käfig stabil genug sein, um einem eventuellen Ausbruch vorzubeugen. Darum dürfen die Gitterstäbe nicht zu weit auseinander stehen. Gute Belüftung erzielt man durch Maschendraht oder Gitterstäbe an den Seiten des Käfigs. Geschlossene Glasbehälter sind gar nicht geeignet: Die Ammoniakdämpfe, die durch den Urin entstehen, bleiben darin hängen.

Die Wanne des Käfigs sollte mindestens 15 cm hoch sein, damit Kot und Einstreu nicht aus dem Käfig fallen. Bei Kaninchen lässt sich das sonst leider nicht ganz vermeiden.

Um den Käfig gut säubern zu können, sollten Sie ihn leicht auseinanderbauen können. Außerdem sollte es weder innen noch außen scharfe Kanten geben. Die Futternäpfe sollten Sie ohne großen Aufwand säubern können. Wenn Sie alle oben stehenden Ratschläge befolgen, werden Sie sich wahrscheinlich für einen Käfig mit einer Plastikwanne und einem Gittergestell entscheiden. Das Gittergestell hat eine große Tür an der Vorderseite und einen abnehmbaren Deckel.

Einstreu

Als Bodenbedeckung für das Kaninchenheim ist handelsübliche Kleintierstreu gut geeignet. Achten Sie darauf, dass Sie eine nicht staubende Sorte wählen, denn der Staub könnte sich in den Bronchien der Tiere festsetzen, was auf Dauer zu chronischen Atemwegserkrankungen bei den Zwergkaninchen führen würde.

Mögliche, aber nicht so gute Alternativen sind unbedruckte Papierschnipsel, Birkenspäne, gehäckseltes Stroh. In letzter Zeit werden auch Strohpellets angeboten, die als Einstreu sehr gut geeignet sind und zu einer weichen Matte zertreten werden.

Füllen Sie eine hohe Schicht Einstreu in die Bodenschale des Käfigs, damit die Zwergkaninchen darin buddeln und wühlen können. Als unterste Schicht unter der Einstreu kann nicht staubende Katzenstreu verwendet werden, die sehr saugfähig ist.

Heu

Kaninchen verwenden Heu gerne als Nistmaterial und um daran zu knabbern. Es ist ein wichtiger Bestandteil der Nahrung des Tieres. Als Einstreu eignet es sich nicht, da es nicht genügend Feuchtigkeit aufnimmt.

Stroh

Stroh ist für Kaninchen als Einstreu oder Nistmaterial zu grob. Es gibt aber auch Produkte auf dem Markt, die aus gehäckseltem Stroh hergestellt werden. Sie sind weich und als Nistmaterial ideal. Als Einstreu nehmen sie jedoch zu wenig Flüssigkeit auf.

Innenausstattung

In einem Kaninchenheim darf eine Futterraufe nicht fehlen. Es gibt sie in Zoofachhandlungen zu kaufen. Wasser sollten Sie in einer Flasche reichen. Die Flasche wird von außen an den Käfig mit dem Trinkhahn nach innen gehängt. Im Trinkhahn befinden sich zwei kleine Metallkugeln. Wenn das Tier diese berührt, läuft das Wasser in den Hahn. Die meisten Kaninchen gewöhnen sich schnell an diese Art Trinkautomat. Das Trockenfutter sollten Sie in einem schweren Steingutnapf reichen. Kaninchen stellen sich gerne mit den Vorderpfoten auf den Rand. Ein zu leichter Napf kippt schnell um. Gemüse können Sie einfach in den Käfig oder in eine Heuraufe legen.

Es ist ratsam, einen flachen Stein auf den Laufweg des Kaninchens zu legen. Wenn das Tier darüber läuft, nutzen sich die Krallen auf natürliche Weise ab. Kaninchen sind reinliche Tiere, die sich ihre Toiletten-Ecke aussuchen. Diese Ecke sollten Sie alle paar Tage leer schaufeln. So brauchen Sie den ganzen Käfig nur alle zwei Wochen zu säubern. Zum Schaufeln können Sie gut eine leere Dose benutzen.

Freilauf

Jedes Tier, das relativ zahm ist und nicht in einem riesigen Käfig lebt, sollte regelmäßig frei herumlaufen dürfen. Ein ausreichendes Maß an Bewegung ist für die Gesundheit des Tieres sehr wichtig. Wenn man das Kaninchen von klein auf frei laufen lässt, kann man es sogar stubenrein bekommen.

Kontrollieren Sie jedoch vorher unbedingt die Umgebung, bevor Sie Ihrem Kaninchen Freilauf gewähren: Überall lauern Gefahren. Denken Sie an Elektrokabel, die angeknabbert werden könnten, giftige Zimmerpflanzen, plötzlich zuschlagende Türen und an Hunde. Behalten Sie Ihr Kaninchen beim Freilauf stets im Auge!

Ernährung

Das Europäische Wildkaninchen bedient sich aus einem reichhaltigen Nahrungsangebot. Lebensraum und Jahreszeit bestimmen größtenteils die Zusammenstellung.

Heu mit Kräutern

Das ganze Jahr über frisst es gerne Gräser, junge Zweige, Blätter und andere Pflanzenteile. Je nach Jahreszeit wird das Menü ergänzt durch Früchte, Beeren, Pilze und Knospen. Ganz selten frisst das Wildkaninchen auch einmal kleine Tiere, wie Käfer. Der Wechsel der Jahreszeiten bringt Abwechslung in das Menü. Er garantiert gleichzeitig, dass die Umstellung auf die sich ändernde Nahrung nicht zu schnell stattfindet. Auch für unsere Zwergkaninchen ist abwechslungsreiche Nahrung lebenswichtig. Ein guter Ernährungsplan enthält gewisse Grundbestandteile: Heu, Trockenfutter, Grünfutter und Wasser. Sie können dem eventuell kleine Extras hinzufügen.

Heu

Heu ist ein wichtiger Bestandteil gesunder Kaninchenernährung, obwohl es den geringsten Nährwert hat. Für eine gute Verdauung ist es jedoch unentbehrlich. Einem Zwergkaninchen muss täglich gutes Heu zur Verfügung stehen. Neben den wichtigen Ballaststoffen enthält es Kalzium und Magnesium. Gutes Heu erhalten Sie in der Zoofachhandlung.

Heu besteht aus jungem Gras, Klee und Kräutern. Es ist getrocknet, aber trotzdem noch ein wenig grün und es riecht wunderbar. Heu geringerer Qualität enthält kaum Kräuter. Altes Heu erkennen Sie an der gelblichen Farbe. Es ist auch recht staubig. Außerdem enthält altes Heu keine Nährstoffe mehr.

Trockenfutter

Trockenfutter ist ein Sammelbegriff für alles, was nicht frisch ist: lose Getreidekörner, Grassamen, Pellets, getrocknetes Gemüse usw. Diese Fertigfuttermischungen enthalten alle notwendigen Bestandteile für eine ausgewogene Ernährung. Sie werden mit Heu und Frischfutter ergänzt.

Es gibt auch fertige Pellets zu kaufen. Sie sind alle gleicher Zusammensetzung. Sie enthalten alle notwendigen Nährstoffe und garantieren so eine perfekt abgestimmte Ernährung. Diese Pellets werden deshalb in großen Züchtereien benutzt. Abgesehen von der einfachen Anwendung für den Besitzer, muss es für das Kaninchen aber recht langweilig sein, jeden Tag dasselbe Fressen zu bekommen.

Samen und Körner haben einen hohen Nährwert. Ein Zwergkaninchen, das zuviel Getreidemischung, zu wenig Grünfutter und zu wenig Bewegung bekommt, kann schnell zu schwer werden. In diesem Fall müssen Sie den Fertigfutteranteil an der Ernährung reduzieren. Reichen Sie aber immer Heu zur freien Verfügung. Welche Art Nahrung auch immer Sie wählen, achten Sie immer auf das Haltbarkeitsdatum, da die im Futter enthaltenen Vitamine nicht unbegrenzt haltbar sind.

Grünfutter

Kaninchen in freier Wildbahn fressen mehr Grünfutter als Getreide. Darum sollte Grünfutter auch der Hauptbestandteil des Speiseplans des Hauskaninchens sein. Grünfutter ist ein Sammelbegriff für frisches Futter, die Auswahl ist nahezu unerschöpflich. Bei geringstem Zweifel sollte es jedoch selbstverständlich sein, dass Sie kein Risiko eingehen: Geben Sie Ihrem Kaninchen nur das, von dem Sie sich sicher sind, dass es verträglich ist.

Feldkräuter finden Sie in Wäldern und auf Wiesen. Pflücken Sie keine Pflanzen am Wegesrand. Achten Sie auch darauf, dass keine Schwerindustrie in der Nähe ist: Pflanzen sind dort meistens mit Blei und anderen Giftstoffen belastet. Auch Ackerbaugebiete sollten Sie, wegen der eventuell verwendeten Schädlingsbekämpfungsmittel auslassen. Um jedes Risiko zu vermeiden, sollten Sie alles Grünfutter immer gründlich waschen. Lassen Sie es gut abtropfen und ein wenig trocknen. Sie können Ihrem Kaninchen fast alle Obst- und Gemüsesorten geben. Die meisten Kohlsorten machen jedoch dem Magen und Darm zu schaffen. Salat aus dem Gewächshaus enthält zuviel Nitrat. Kohl und Salat sollten Sie darum nicht reichen. Möhren sind das sprichwörtliche Kaninchenfutter, zu viele davon verursachen jedoch Durchfall. Geben Sie täglich nicht

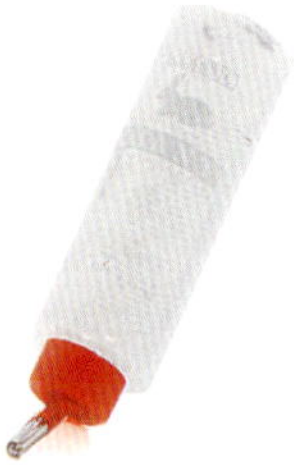

Trinkflasche

Zehn Regeln für die richtige Ernährung

1. Das Kaninchenfutter darf nicht zu nährstoffreich sein. Daher nicht nur Fertigfutter, sondern auch Grünfutter und Heu geben.
2. Abwechslung ist für den Speiseplan sehr wichtig. Dadurch nimmt das Kaninchen eine breite Skala an Nährstoffen zu sich.
3. Das Kaninchen muss regelmäßig fressen. Daher füttert man morgens und abends.
4. Alles Grünfutter sollte gewaschen werden und abgetropft sein.
5. Grünfutter, das nach einigen Stunden nicht verzehrt wurde, sollte aus dem Käfig entfernt werden. Es könnte schimmelig werden und den Käfig verschmutzen.
6. Pflücken Sie niemals Grünfutter am Wegrand.
7. Achten Sie auf eventuelle Agrargifte.
8. Reichen Sie niemals gefrorenes oder gekochtes Futter.
9. Stellen Sie das Menü niemals plötzlich um.
10. Gute Nahrung enthält Heu, gemischtes Getreide, Grünfutter, Wasser und etwas zum Knabbern. So bleibt das Kaninchen gesund.

mehr als eine Karotte. Die meisten Gemüsesorten sollten in Maßen gereicht werden.

Wasser

Es ist falsch zu glauben, dass Kaninchen kaum oder wenig trinken. Auch wenn Sie reichlich Grünfutter geben, ist frisches Wasser täglich notwendig. Das Trinkwasser sollte vorzugsweise Zimmertemperatur haben und in einer Trinkflasche gereicht werden. Achten Sie darauf, dass sich darin keine Algen bilden, diese können giftig sein.

Knabberzeug

Obwohl ein Kaninchen kein Nagetier ist, hat es Nagezähne. Darum ist es wichtig, dass es etwas zu nagen hat. Im Zoofachhandel gibt es verschiedene Knabbereien. Sie können auch junge Zweige suchen, zum Beispiel von der Weide, Obstbäumen oder anderen Laubbäumen.

Füttern Sie keine Kartoffelchips, Kuchen, Süßigkeiten oder Zuckerstücke. Das wäre schädlich für das Kaninchen, weil sie zu viel Salz, Zucker und Fett enthalten. Es gibt genügend gesunde Kaninchenleckereien aus dem Zoofachhandel, mit denen Sie dem Zwergkaninchen eine Freude bereiten können. Natürlich hat nicht jedes Tier den gleichen Geschmack. So wird dem einen Kaninchen schmecken, was das andere nicht mag. Sehr beliebt sind jedoch Petersilie, Chicorée, Himbeeren, Möhrenlaub

Im Zoofachhandel finden Sie viele gesunde Knabbereien für Ihr Kaninchen.

und Kiwis. Bei einer ausgewogenen Ernährung brauchen Sie keine zusätzlichen Vitamine und Mineralien zu verabreichen. Doch ist es empfehlenswert, einen so genannten Salzstein oder Leckstein anzubieten. Bei Salz- oder Mineralmangel benutzt das Kaninchen ihn von sich aus.

Nagerstein

Giftig	**Ungeeignet**	**Geeignetes Grünfutter**	**Gemüse**	**Obst**
- Goldregen	- Weißkohl	- Feldgewächse	- Karotten	- Äpfel
- Ginster	- Rotkohl	- Löwenzahnblätter	- Karottengrün	- Birnen
- Eibe	- Blumenkohl	- Klee	- Feldsalat	- Bananen
- Nachtschattengewächse	- Roter Klee	- Wegerich	- Chicorée	- Kiwis
- Kartoffelkeime	- Kopfsalat	- Distel	- Rettichlaub	- Himbeeren
- Rohe Bohnen	- Rohe Kartoffeln	- Gepflücktes Gras	- Sellerie	- Erdbeeren
	- Gemähtes Gras	- Junge Brennnesseln	- Fenchel	- Trauben
		- Topinambur	- Sonnenblumen	- Kirschen
			- Petersilie	- Pflaumen
			- Spinat	
			- Maiskolben	

Ausstellungen

Für die Rassekaninchenzucht gibt es Rassestandards, die Aussehen und Fellfarbe der Tiere festlegen. Auf Ausstellungen werden Kaninchen nach diesen Kriterien bewertet.

Farbzwerg mit Weißer Hotot-Zeichnung

Viele Menschen betreiben die Zwergkaninchenzucht als Hobby. Sie melden ihre Kaninchen bei Ausstellungen an und versuchen, mit ihren schönsten Exemplaren einen Preis zu gewinnen. Aber Äußeres, Farbe und Fell der Rassezwerge sind in Rassestandards festgelegt: Nicht alles ist erlaubt.

Der Standard

Der Standard beschreibt, wie Kaninchen im Idealfall aussehen sollten.

Ein Tier, das zur Beurteilung vorgeführt wird, kann in sieben Bereichen benotet werden. Folgende Übersicht zeigt, wie viele Punkte das Zwergkaninchen, je nach Bereich, erzielen kann. Bei eventuellen Fehlern werden Punkte abgezogen, je nach Gewichtung des Mangels. Das Tier, das letztendlich die meisten Punkte bekommen hat, darf sich 'Best of Show' nennen. Zwergkaninchen gibt es in viel mehr Farbschlägen und Zeichnungen, als im Standard aufgenommen sind. Ein Beispiel: Im Standard werden braune und gelbe Farbzwerge beschrieben. Wenn der Teilnehmer einen Farbzwerg vorführt, der nicht braun (wie Bitterschokolade) und auch nicht gelb ist, sondern mittelbraun, entspricht er nicht dem Standard und bekommt eine schlechtere Benotung im Bereich 'Farbe'.

Man kann das Tier dann als 'schlecht' braunes oder gelbes Zwergkaninchen einstufen. Es ist auch möglich, mit diesem Tier eine neue Farbe für den Standard vorzuschlagen. Nicht jede Mischform aus zwei Farben wird automatisch im Standard aufgenommen. Auch in diesem Fall gibt es Voraussetzungen, denen die neue Farbe entsprechen muss, um aufgenommen zu werden.

Die Beurteilung

Bei der Beurteilung werden die vorgeführten Tiere nach folgenden Maßstäben bewertet:

Typ und Körperbau

Dieser Teil des Standards beschreibt den Körperbau des Zwergkaninchens. Er ist für jede Rasse unterschiedlich. Über die verschiedenen Rassen, Farbschläge und Zeichnungen lesen Sie weiteres im Kapitel “Rassen und Farbschläge”.

Gewicht

Für die Ausstellung können Zwergkaninchen in zwei Kategorien angemeldet werden: jung oder alt. Ein Zwergkaninchen gilt in seiner zweiten Ausstellungssaison schon als alt. Bei der Beurteilung des Gewichts wird die Altersklasse berücksichtigt.

Ein ausgewachsener Farbzwerg darf maximal 1 Kg auf die Waage bringen. Das Mindestgewicht liegt bei 800 g. Ein ausgewachsener Holländer darf zwischen 1250 und 1650 g wiegen.

Farbzwerg Braungrau

Farbzwerg Hasenfarbig

Holländerzeichnung

Fell und Fellzustand

Dieser Teil wird im Standard für jede Rasse und jede Haarstruktur beschrieben. Das Schautier sollte vollständig behaart und das Fell anliegend und glänzend sein, das heißt, es sollte keine spärlich behaarten oder kahle Stellen geben. Wenn das Tier gerade haart, werden Punkte abgezogen. In diesem Fall fehlen die Grannen, das sind die borstenartigen Stützhaare, die als erstes ausfallen. Die neuen Haare, die länger sind und intensivere Farben haben, sind deutlich zu sehen. Einige sich lösende Haare sind erlaubt, ganze Büschel dagegen nicht.

Kopf und Ohren

Auch dieser Teil wird im Standard je nach Rasse beschrieben. Mehr dazu im nächsten Kapitel.

Deck- und Bauchfarbe

Die Deckfarbe ist die Oberflächenfarbe des Rückens, die Bauchfarbe die des Bauches. Die Bezeichnung Oberfläche ist hier sehr wichtig.

Farbzwerg Schwarz

Ein Haar hat meistens mehrere Farben. So hat die Basis des Haares (am Ansatz) eine bestimmte Farbe, die Haarspitze hat je nachdem die Deck- oder Bauchfarbe. Manchmal hat der mittlere Teil des Haares auch noch eine eigene Farbe. Deck- und Bauchfarbe sind wichtig, weil die Farbe der Haarspitzen natürlich am deutlichsten sichtbar ist. Die verschiedenen Deck- und Bauchfarben werden bei den Farbschlägen im nächsten Kapitel beschrieben.

Zwischen- und Grundfarbe

Aus dem oben Beschriebenen geht hervor, was Zwischen- und Grundfarben sind. Wenn in das Fell gepustet wird, wird der Unterschied sichtbar. Die Haare bilden dann eine Art Rosette, in der sich Grund-, Zwischen- und Deckfarbe gut abzeichnen.

Körperliche Verfassung und Pflege

Hier wird der allgemeine Eindruck, den das Tier macht, beurteilt. Ein Zwergkaninchen sollte sich muskulös und kräftig anfühlen. Schlaffe, dünne oder fette Tiere bekommen eine negative Bewertung. Die Krallen sollten geschnitten, das Fell sauber und nicht verfilzt sein. Die Augen müssen sauber und klar sein. Krankheiten oder Verwundungen werden als schwere Fehler benotet. Das gilt auch für sichtbare Trächtigkeit.

Rassen und Farbschläge

Zwergkaninchen, die in den Zoofachhandlungen verkauft werden, sind keine Rassetiere.

Sie werden als Haustiere gezüchtet und nicht als Ausstellungstiere. Es sind oft Mischlinge. Meistens sind diese Kaninchen jedoch auch die liebenswürdigsten und gutmütigsten Tiere.

Hauskaninchen

Obwohl die meisten Hauskaninchen keiner bestimmten Rasse zugehörig sind, gibt es verschiedene Typen:

Der Zwergwidder

Die meisten Zwergwidder aus Zoohandlungen sind echte oder halbe Hängeohren. Bei einem echten Hängeohr hängen beide Ohren, bei halben Hängeohren hängt nur eines oder eines ganz und das andere halb. Fast alle Hängeohren stammen irgendwie von einem Holländer ab. Man sollte hier Acht geben, denn es werden oft viele verschiedene nicht-reinrassige Kaninchen gekreuzt, um Kaninchen mit Hängeohren zu erzielen. Die Ohren des Widders hängen übrigens nicht von Geburt an. In den ersten Lebenswochen hängen oder stehen sie oder sie liegen auf dem Rücken. Bei einem echten Zwerg hängen die Ohren im Laufe der Zeit seitlich am Kopf herab.

Bei nicht reinrassigen Tieren weiß man nie, ob die Ohren wirklich hängen werden. Manchmal hängt ein Ohr, manchmal hängt das andere nicht oder nur halb. Der Teil des Ohres, der nicht hängt, zeigt dann wie ein Wegweiser nach rechts oder nach links. Das bietet einen possierlichen Anblick.

Fuchs- oder Bartkaninchen
Die wunderbaren, putzigen Haarknäuel, die als Haustier verkauft werden, leben oft unter falschem Namen: Fuchskaninchen, Fuchs oder Fuchszwerg. Richtige Fuchszwerge werden in den Niederlanden jedoch als Rassekaninchen gezüchtet und sehen ganz anders aus. Die Hauskaninchen, um die es hier geht, kommen ursprünglich aus Deutschland, wo sie Bart- oder Löwenmähnenkaninchen genannt werden. Dieser Name trifft eher zu. Das Bartkaninchen trägt nämlich einen Kranz aus langen Haaren um den Kopf, ungefähr so wie ein Löwe. Zwischen den Ohren steht das Haar nach oben. Dieses Langohr wird in allen möglichen Farben gezüchtet.

Ein echtes Fuchskaninchen werden Sie kaum im Zoofachhandel bekommen. Der Fuchszwerg ist eine relativ seltene Rasse, die aus dem viel größeren, normalen Fuchskaninchen gezüchtet wurde. Ein wichtiger Unterschied zwischen Fuchs- und Bartkaninchen ist die Vererbung. Für die Zucht des Fuchszwerges braucht man unbedingt zwei Elternteile mit dieser typischen Haarstruktur. Für das Bartkaninchen reicht ein Elternteil mit Mähne, weil sich dieses Merkmal dominant vererbt. Am schönsten sind die Mähnen bei Jungtieren. Besonders bei ausgewachsenen Männchen sind die Mähnen nicht mehr sehr ausgeprägt. Das kann ein Grund sein, sich eher ein Weibchen anzuschaffen.

Bartkaninchen sind meistens sanftmütig und ruhig. Ihr Charakter gleicht dem des Zwergwidders. Im Zoofachgeschäft sind diese Tiere meistens etwas teurer als die normalen Zwergkaninchen.

Rassekaninchen
Neben den Hauskaninchen gibt es die echten Rassezwerge. Es gibt sie in drei verschiedenen, anerkannten Rassen. Innerhalb der Rassen wiederum gibt es zahllose Farbschläge und Zeichnungen.

Holländer
Das größte Zwergkaninchen ist der Holländische Zwergwidder. Sein Gewicht beträgt zwischen 1250 und 1650g. Diese Rasse ist, wie der Name schon vermuten lässt, typisch holländisch. Im Januar 1964 wurde die Rasse offiziell anerkannt. Seit dieser Zeit ist die Rasse extrem populär geworden und auf fast allen Ausstellungen vertreten. Mittlerweile ist die Rasse auch außerhalb der Niederlande bekannt geworden, und es wurden schon verschiedene Varietäten gezüchtet.

Der Holländer ist sanftmütiger Art. Er fällt auf durch seine typische runde Form und dem runden Kopf mit den Hängeohren. Zur Zeit wird er in den Farbschlägen Kaninchengrau, Eisengrau, Blaugrau, Schwarz, Blau, Madagaskar, Isabella und Sallander anerkannt. Auch erlaubt sind Sepiabraun Marder, Mittelblau

Bartkaninchen

Zwergwidder

Pole mit blauen Augen

Marder, Mittelgelb Marder und Weiß mit roten oder blauen Augen.

Die bunten Hängeohrzwerge sind anerkannt in Kaninchengrau, Eisengrau, Blaugrau, Schwarz, Blau, Madagaskar und Isabella. Die Rasse ist ziemlich fruchtbar und wirft vier bis fünf Junge.

Pole

Der Pole als Rasse entstand in England. Anfangs wurde der Pole ausschließlich als Albino gezüchtet, das heißt weiß mit roten Augen. Im Januar 1927 gesellte sich der Weiße mit blauen Augen dazu.

Bei einem Gewicht von 800-1000 g ist es die kleinste Rasse im Standard. Der Pole von heute hat sich im Verhältnis zum Polen der Anfangszeit stark verändert. Das Tier hat im Laufe der Zeit eine viel kompaktere Form bekommen. Kreuzungen zwischen Polen mit roten und blauen Augen ergeben bunte Junge. Diese Farbe ist vergleichbar mit einer schweren Holländerzeichnung (viel Schwarz im Weißen). Der Pole ist ziemlich aggressiv und dementsprechend ungeeignet für Kinder. Meistens wirft diese Rasse nicht mehr als vier Junge. Mit seinem runden Kopf und den extrem kurzen Ohren hat der Pole ein attraktives Äußeres.

Pole mit roten Augen

Farbzwerg

Der Farbzwerg ist ursprünglich ein niederländisches Zwergkaninchen. Eine Geschichte besagt, dass ein Züchter in der Kriegszeit

Farbzwerg Blau

seinen Tieren notgedrungen die Freiheit schenken musste. Nach Kriegsende gelang es ihm, einen Teil der Tiere wieder einzufangen. In der Zwischenzeit hatten sie sich in freier Wildbahn lustig mit Wildkaninchen gekreuzt und vermehrt. So sind verschiedene Farbschläge entstanden.

Das Gewicht des Farbzwerges liegt zwischen 800 und 1000 g. Diese Rasse wird viel gezüchtet und ist auf allen Ausstellungen stark vertreten. Seine Popularität bezieht sich jedoch wohl kaum auf seinen Charakter: Der Farbzwerg ist bekannt als ziemlich bissiges Luder.

Momentan sind die folgenden Farbschläge anerkannt und im Standard aufgenommen: Hasenfarbig, Kaninchengrau, Braungrau, Blaugrau, Schwarz, Braun, Blau, Gelb, Orange und Chinchilla.

Silberfuchs

Als Zeichnung sind anerkannt: Weißer Hotot-, Japaner-, Holländerzeichnung in den Farben Kaninchengrau, Blaugrau, Schwarz, Braun und Blau. Russenzeichnung in den Farben: Schwarz, Braun und Blau. Silber Mittelschwarz und Mittelblau.

Musterzeichnung in: Madagaskar, Isabella, Silberfuchs in Schwarz, Braun, Blau, Dunkelsepiabraun Marder, Mittelsepiabraun Marder, Dunkelblau Marder, Mittelblau Marder, Mittelgelb Marder, Dunkelsepiabraun Marder Silberfuchs, Mittelsepiabraun Marder Silberfuchs, Dunkelblau Marder Silberfuchs und Mittelblau Marder Silberfuchs.

Lohmuster: Schwarz, Blau und Braun.

Haarstrukturen: Rexbehaarung in allen anerkannten Farben, Fuchs in Weiß.

Farbschläge

Womöglich hat Sie die oben stehende Aufzählung der Farben verwirrt. Es ist die Rede von Begriffen, die Ihnen als Anfänger im Zwergkaninchenbereich völlig unbekannt sind. Bei der Kleintierzucht werden viele verschiedene Farbschläge aufgeführt. Oft ist es nicht leicht, eine Farbe genau zu beschreiben, weil jeder einen anderen Akzent setzt. Darum werden die unterschiedlichen Farben im Standard des Zentralverbandes Deutscher Kaninchenzüchter e.V. (ZDK) präzise beschrieben. Diesen präzisen Beschreibungen müssen die Zwergkaninchen entsprechen, wenn sie eine Auszeichnung bekommen sollen.

Schattierung

Schattierung ist der Begriff für den gesprenkelten, melierten Effekt, der für viele wildfarbene Tiere so charakteristisch ist. Meistens ist dieses Muster am stärksten auf dem Rücken ausgeprägt.Es gibt Klassen mit und ohne Schattierung. Schattierung entsteht dann, wenn die Haare eine schwarze oder dunkelgraue Spitze haben.

Wildgrau

Der Rücken ist dunkel schattiert, die Brust und die Seiten sind etwas heller. Der Keil im Genick ist klein, bräunlich und reicht bis zu den Schulterblättern. Die Ohren sind schwarz gerändert. Die Zwischenfarbe ist nach oben wie unten scharf abgegrenzt. Oberhalb der Zwischenfarbe erscheint ein ca. 1 mm schwarzer Streifen (Deckfarbe). Die Deck- und Bauchunterfarbe ist blau. Die Bauchdeckfarbe sowie die Innenseiten der Läufe, Kinnbackeneinfassung und Unterseite der Blume sind weiß. Die Blumenoberseite ist voll schattiert (gesprenkelt mit grauen Haarspitzen). Eine vollständig dunkle bzw. schwarze Blumenoberseite ist ein schwerer Fehler.

Hasengrau

Hier gilt die gleiche Beschreibung wie beim Farbschlag wildgrau, jedoch eine Nuance heller, und der Nackenkeil sowie die Zwischenfarbe ist breiter und leuchtend rostbraun.

Dunkelgrau

Der Rücken, die Seiten, die Brust und der Kopf sind gleichmäßig dunkel. Der Nackenkeil und die Zwischenfarbe sind bräunlich, aber schwächer angedeutet. Die Deck- und Bauchunterfarbe ist blau. Die Bauchdeckfarbe und die Blumenunterseite sind dunkel. Die Blumenoberseite ist schwach schattiert bis dunkel (schwarz); dies ist kein schwerer Fehler, sondern bleibt unberücksichtigt.

Eisengrau

Die Deckfarbe und Schattierung ist über den ganzen Körper hinweg gleichmäßig dunkel. Der Nackenkeil ist nur schwach angedeutet. Die Zwischenfarbe ist bräunlich und nur schwach angedeutet ohne scharfe Abgrenzung. Die Bauchdeckfarbe sowie die Blumenunterseite ist dunkel. Die Blumenoberseite ist ohne Schattierung bzw. dunkel (schwarz). Die Deck- und Bauchunterfarbe ist blau.

Eisengrau

Lohmuster

Marder

Blaugrau

Anmerkung
Es ist Aufgabe der Züchter, die eine Rasse mit diesen Wildfarbigkeitsfaktoren züchten, auf Farbreinheit zu züchten und nicht wahllos die verschiedenen Graufaktoren untereinander zu verpaaren. Hier sind auch die Züchter der Rasse Holländer grau/weiß mit einbezogen. Eisengraue Tiere dürfen nur in einer Zuchtgruppe ausgestellt werden. Erscheint in einer Zuchtgruppe ein eisengraues Tier mit anderen grauen Tieren, so werden die Tiere dieser Zuchtgruppe als Einzeltiere bewertet.

Schwarz
Das Schwarz sollte am ganzen Körper intensiv sein. Der Bauch darf etwas matter sein. Die Augen sind dunkelbraun.

Braun
Bei der Kleintierzucht ist Braun die Farbe von Bitterschokolade. Die Augen sind dunkelbraun mit einer roten Glut, die manchmal schwer zu sehen ist.

Blau
Die Farbe Blau wird als glänzendes Stahlblau beschrieben, das sich über den ganzen Körper zieht. Die Augen müssen blaugrau sein.

Gelb
Es ist eine warmgelbe Farbe ohne schwarze Haare. Der Bauch ist weiß und die Augen sind braun.

Orange
Dies ist ein warmes Orange-Rot, auf dem ganzen Körper. Auf dem Bauch ist die Farbe etwas matter. Die Augen sind dunkelbraun.

Chinchilla
Dieser Farbschlag ist benannt nach dem Chinchilla, ein Meerschweinchenverwandter mit einem wunderschönen Fell. Die melierten, schwarz-hellgrauen Haare ergeben ein unregelmäßiges Schattierung. Die silbergraue Farbe bedeckt fast den ganzen Körper. Die Augen sind dunkelbraun. Der Farbschlag Chinchilla entsteht aus Wildfarbe und Kaninchengrau ohne den Faktor Gelb.

Zeichnungen und Muster

So wie es Zwergkaninchen in verschiedenen Farbschlägen gibt, gibt es auch verschiedene Zeichnungen oder Muster. Der Unterschied liegt darin, dass es bei Tieren mit einem Muster genetisch bedingte Farbbegrenzungen gibt. Bei der Zeichnung können die Flächen je nach Tier unterschiedlich sein. Die folgenden Zeichnungen werden im Standard beschrieben:

Weißer Hotot
Dies ist ein weißes Kaninchen mit schwarz umrandeten Augen. Dieser Rand sollte maximal 3 bis 5 mm breit sein.

Japaner
Die Japaner-Zeichnung ist benannt nach der gleichnamigen Kaninchenrasse.

Die Zeichnung verläuft kreuzweise: Ein Ohr ist dunkel oder schwarz, das andere ist hell. Die eine Kopfhälfte ist dunkel, die andere hell. Das gleiche gilt für die Läufe. Der Rücken ist der Breite nach rot-schwarz gestreift.

Holländer
Auch diese Zeichnung wurde nach einer Züchtung benannt. Ein Zwergkaninchen mit einer Holländerzeichnung hat zwei identische, dunkle Flächen um Augen und Wangen. Die Ohren sind auch dunkel. Die Vorderläufe sind weiß und die dunklen Füßchen der Hinterläufe haben eine weiße Manschette.

Russe
Die Russen-Zeichnung wurde ebenfalls nach der gleichnamigen Kaninchenrasse benannt. Das weiße Kaninchen hat dunkle Ohren und Läufe, einen dunklen Schwanz und eine dunkle Nasenspitze. Diese Zeichnung gibt es auch bei Farbmäusen und Meerschweinchen.

Silber
Hier ist etwa die Hälfte der Haarspitzen silberfarbig, wodurch sie in den Vordergrund tritt. Das Silber sollte ebenmäßig sein.

Außer den variablen Zeichnungen gibt es auch Muster, die strenger begrenzt sind. Im Standard werden folgende Typen kurz beschrieben:

Madagaskar
Hierbei handelt es sich um ein Muster mit gelbbraunen Haaren

Holländer

Russe

Weißer Hotot

Lohkaninchen

am Rücken und einer bräunlichen Spitze. Dies ergibt einen hellen, rußartigen Schein, der nicht zu dunkel sein sollte. Der Bauch ist fast schwarz, ebenso der Schleier über Schnauze, Brust, Pfoten, Ohren, den unteren Teil der Schultern, Flanken und Hinterhand. Die Grundfarbe der Bauchhaare ist weiß bis cremefarben. Die Augen und Schnurrhaare sind dunkelbraun.

Isabella

Dieses Muster ist heller (gelb) als das Madagaskar-Muster. Die Haarspitzen sind blau. Ansonsten entspricht es dem Madagaskar-Muster.

Marder

Silberfuchs

Dieses Muster ist nach der Fellart Silberfuchs benannt. Ein Silberfuchskaninchen ist dunkelfarben mit einem weißen Bauch. Auch die Innenseite der Ohren, ein Ring um die Augen, die Nasenbegrenzung und ein kleines Dreieck im Nacken sind weiß. Was den Silberfuchs so außergewöhnlich macht sind die so genannten Spitzen. Dies sind weiße Haare an den Flanken, die zahlreicher in der Nähe der Begrenzung zum weißen Bauch werden. Diese Spitzen geben dem Tier seine attraktive Erscheinung.

Marder

Dieses Muster ähnelt der Russen-Zeichnung. Bei diesen Kaninchen ist der Körper hell, jedoch nicht weiß. Die Begrenzungen zwischen den Flächen sind auch nicht so scharf wie bei der Russen-Zeichnung.

Loh

Dieses Muster wurde nach der gleichnamigen Rasse benannt, die früher Black-and-Tan hieß. Es ist ein tiefschwarzes Kaninchen mit einer flammend rostbraun-rötlichen Brust. Es hat einen Bauch- und Augenring. Die Zeichnung ist scharf begrenzt. Bei den helleren Farben ist das Loh-Muster auf dem Bauch weniger intensiv.

Haarstruktur

Wie bereits erwähnt werden vom Standard zwei verschiedene Haarstrukturen anerkannt:

Rex

Dieser Behaarungstyp wurde nach einer Kaninchenrasse benannt. Das Fell ist sehr kurz und fein, wie bei einem Stofftier. Es sieht aus, als wäre es geschoren. Diese Fellart ist bei allen anerkannten Farben erlaubt.

Fuchs

Ein Fuchskaninchen hat halblange, weiße Haare. Das Fell hat viel Unterwolle, wodurch die Haare aufrecht stehen. Auf dem Rücken ist ein Scheitel. Die Haare fallen dort etwas zur Seite. Sie dürfen jedoch nicht flach anliegen. Die Haare müssen 3 bis 5 cm lang sein.

Zucht

Wenn ein männliches und ein weibliches Kaninchen zusammen leben, wird sich irgendwann Nachwuchs einstellen. Sie sollten sich vorher gut überlegen, ob Sie diesen Nachwuchs möchten.

Ein Wurf Kaninchen ist ja ganz nett, aber nach dem zweiten oder dritten Mal wird es schon schwieriger, für alle Jungen ein Zuhause zu finden. Berücksichtigen Sie schon beim Kauf den Wunsch nach eventuellem Nachwuchs. Wer bereits ein Männchen und ein Weibchen besitzt, sich aber nicht um Junge kümmern möchte, kann die beiden Tiere in separaten Käfigen unterbringen. Es gibt auch die Möglichkeit, das Böckchen kastrieren zu lassen.

Männlich oder weiblich

Bei (Zwerg-)Kaninchen ist der Unterschied zwischen beiden Geschlechtern rein äußerlich nicht leicht festzustellen. Erfahrene Kaninchenzüchter wenden dafür einen Trick an: Sie legen das Kaninchen in der Rückenlage auf ihren Schoß und schieben die Hautfalten bei der Geschlechtsöffnung nach hinten. Bei den Männchen kommt dann ein kleiner Penis hervor. Ansonsten ist der Abstand zwischen After und Geschlechtsöffnung bei den Häsinnen deutlich kleiner als bei den Böckchen. Wenn Sie den Unterschied selbst nicht feststellen können, können Sie Ihren Zoofachhändler oder Tierarzt befragen.

Inzucht

Um eine verantwortungsvolle Zucht zu betreiben, sollten Sie nicht jedes beliebige Männchen und Weibchen zusammenbringen. Das Risiko der Inzucht wäre dann groß. Wenn Sie zum Beispiel ein Geschwisterpärchen von den Nachbarn bekommen haben, sollten Sie damit nicht züchten.

Bei einer Paarung käme es zur Inzucht. Und wer garantiert Ihnen, dass der Wurf der Nachbarn nicht auch schon von einem Geschwisterpaar abstammt? Ein einziges Mal Inzucht ist nicht sehr problematisch, bei Wiederholungen werden sich jedoch die Folgen zeigen: Die aus Inzucht geborenen Jungtiere werden bei jedem Wurf kleiner und schwächer, es werden immer weniger Junge geboren, und letztendlich treten erblich bedingte Krankheiten auf.

Paarung

Die beste Zeit, um Kaninchen zu züchten, ist das Frühjahr. Eine Zibbe muss paarungswillig sein, um sich decken zu lassen. Das Verhalten des Weibchens deutet die Bereitschaft zur Paarung an. Sie scharrt in der Einstreu, baut Nester und ist deutlich unruhiger als sonst. Lassen Sie nie einen unbekannten Rammler in die Unterkunft der Zibbe. Stellen Sie die Käfige für ein paar Tage nebeneinander, so dass die Tiere sich riechen und sehen können. Bringen Sie sie danach in einen neutralen Käfig, oder vorzugsweise in einen freien Raum. Der Rammler wird versuchen, die Zibbe mit viel Schmeicheleien und Macho-Benehmen für sich zu gewinnen. Die Tiere beschnuppern sich sehr intensiv und das Männchen leckt das Weibchen. Oftmals bewegt es sich grunzend um sie herum und zeigt ihr sein Schwänzchen. Letztendlich drückt sich das Weibchen mit angehobenem Hinterteil an den Boden. Die eigentliche Deckung

dauert nur fünfzehn bis zwanzig Sekunden. Versuchen Sie, die Geburt zeitlich zu planen, oder notieren Sie sich das Datum, zu dem die Deckung stattgefunden hat.

Trächtigkeit und Geburt

Nach einem gelungenen Deckakt dauert es etwa zehn Stunden, bis sich die befruchtete Eizelle in der Gebärmutter einnistet. Die Tragezeit des Zwergkaninchens beträgt etwa einen Monat (28 bis 30 Tage). Während dieser Zeit braucht das Weibchen vor allem seine Ruhe. Sie sollte auch nicht mehr hochgenommen werden.
Sie braucht jetzt zusätzliche Nährstoffe und Mineralien. Geben Sie ihr einen Leckstein, er enthält viele Mineralstoffe. Die Zibbe spürt instinktiv, wann sie diese Zusätze braucht, und nimmt sie durch Lecken am Stein zu sich.
Säubern Sie einige Tage vor dem voraussichtlichen Geburtstermin den Käfig noch einmal gründlich und besorgen Sie zusätzliches Nistmaterial.
Die Geburt verläuft meistens problemlos. Die Mutter legt ihre Junge in die Nistecke, die sie sich vorher eingerichtet hat. Es kann vereinzelt vorkommen, dass eine unerfahrene Mutter ihre Nachkömmlinge ihrem Schicksal überlässt und sie dann im ganzen Käfig herumliegen. Legen Sie die Tiere mit Hilfe eines Tuches oder mit Textilhandschuhen in die Nistecke und beobachten Sie, ob die Mutter sich um die Junge kümmert. Fassen Sie die Tiere unter keinen Umständen mit bloßen Händen oder Lederhandschuhen an! Die Zibbe würde ihre Jungen wegen des Geruchs verstoßen. Nach der Geburt frisst die Mutter die Nachgeburt auf. Das ist ein Überrest der Naturinstinkte. Durch das Fressen der Plazenta bekommt die Zibbe zusätzliche Nährstoffe. In der Natur verhindert es, dass Raubtiere die Nachgeburt wittern und sich dem Wurf nähern. Meistens werden drei bis vier Junge geboren, manchmal auch sechs bis acht. Es ist ratsam zu kontrollieren, ob sich tote Junge im Nest befinden.
Seien Sie dabei jedoch vorsichtig, denn die stolze Mutter kann sich

gegen Menschen und Tiere, die ihren Jungen zunahe kommen, ziemlich aggressiv verhalten!

Entwicklung

Nach der ersten Kontrolle sollten Sie das Nest einige Tage in Ruhe lassen. Sehen Sie nach drei, vier Tagen nach, ob noch alles in Ordnung ist. Meistens werden Sie die Jungtiere mit vollen Bäuchlein im Nest vorfinden. Manchmal gibt es einen Nachzügler, der wesentlich kleiner und dünner ist. Meistens überlebt so ein Tierchen zwar, es wird jedoch klein und dünn bleiben. Nach einigen Tagen entwickeln sich die ersten Haare.

Um den zehnten Tag öffnen sich die Äuglein. Die Neugeborenen wachsen sehr schnell, nach einer Woche sind sie schon fast doppelt so schwer wie nach der Geburt. Nach vierzehn Tagen hat sich das Geburtsgewicht vervierfacht. Nach einem Monat können Sie mit dem Füttern beginnen. Es gibt spezielles Kaninchenfutter für Jungtiere.

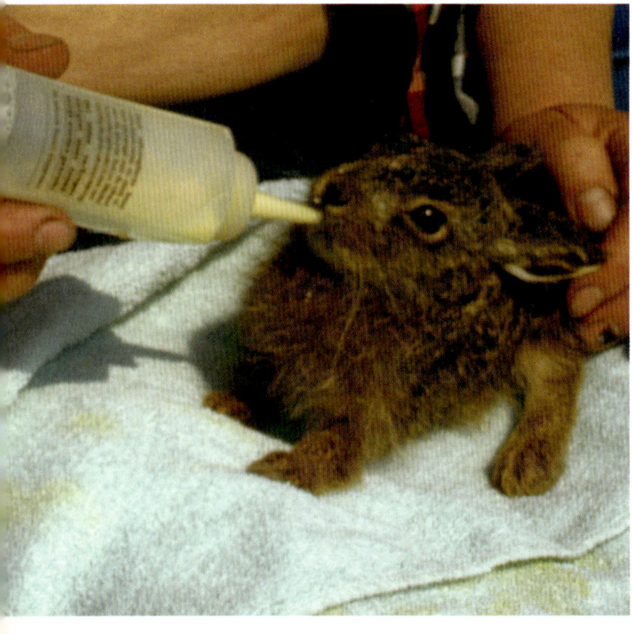

Flaschenaufzucht

Wenn die Jungen alle dünn und klein bleiben, hat die Mutter zu wenig Milch. Sie können sie dann zusätzlich füttern. Wenn die Mutter nach der Geburt stirbt oder die Jungen verstößt, können Sie versuchen, sie mit der Flasche aufzuziehen. Dies gelingt jedoch nur, wenn sie in den ersten Tagen nach der Geburt schon Muttermilch bekommen haben. Im Zoofachgeschäft gibt es eigens für diesen Zweck kleine Saugflaschen. Außerdem erhalten Sie spezielle Aufziehmilch für junge Kaninchen. Mit der Flasche aufgezogene Tiere werden meistens sehr anhänglich. Das Ganze erfordert jedoch viel Zeit und Mühe. Abhängig von der Milchleistung der Mutter müssen die Kleinen zwei bis viermal täglich gefüttert werden. Nach dem Füttern müssen die Bäuchlein massiert werden, um so die Verdauung anzuregen. Die Mutter tut dies, indem sie die Bäuchlein und die Geschlechtsorgane der Jungen leckt.

Gesundheitsvorsorge und Krankheiten

Zwergkaninchen haben selten Gesundheitsprobleme. Ein gesundes Exemplar schaut neugierig aus den Augen und ist lebhaft.

Sein Fell ist glatt, weich und ebenmäßig. Der After ist trocken und sauber. Ein krankes Zwergkaninchen sitzt meistens in sich geduckt. Das Fell ist spröde und aufgedunsen, als ob es feucht ist. Das Tier macht einen Buckel, auch wenn es läuft. Das Motto „Vorbeugen ist besser als heilen" trifft besonders auf ein kleines Tier, wie es das Zwergkaninchen ist, zu. Es ist nicht immer einfach, ein krankes Zwergkaninchen zu heilen. Sogar eine kleine Erkältung kann zum Verhängnis werden. Die größten Gefahren, denen es ausgesetzt ist, sind Zugluft und Feuchtigkeit.

Es gibt einige Maßnahmen, die Sie ergreifen können, wenn Ihr Zwergkaninchen krank ist:

- Wenn das kranke Tier mit anderen Tieren zusammen lebt, sollten Sie es so schnell wie möglich isolieren. Es könnte eine ansteckende Krankheit haben und Ihre anderen Kaninchen gefährden.
- Verlegen Sie das Tier an einen ruhigen, abgedunkelten Ort. Stress, Unruhe und Krach sind der Genesung nicht zuträglich.
- Halten Sie das Tier warm, aber es sollte auch nicht zu heiß werden. Die beste Temperatur liegt bei 18 bis 21 °C.
- Warten Sie nicht zu lange mit dem Tierarztbesuch. Erkrankte Kaninchen haben keinen großen Überlebenswillen und sterben manchmal schon innerhalb weniger Tage.
- Dem Patienten sollte immer frisches Wasser zur Verfügung stehen. Bedenken Sie, dass das Tier möglicherweise zu

schwach ist, um die Wasserflasche zu erreichen.
- Oft fressen kranke Tiere wenig oder überhaupt nicht. Geben Sie ihm ein Stück Apfel oder anderes Obst.

Erkältung und Lungenentzündung
Zugluft ist die häufigste Ursache für Erkältung und Lungenentzündung bei Zwergkaninchen. Treffen Sie darum mit größter Sorgfalt die Wahl für den Stellplatz des Käfigs! Niedrige Temperaturen können sie relativ gut vertragen, aber eine Kombination von Kälte und Feuchtigkeit führt unwiderruflich zu einer Erkältung. Das Kaninchen fängt an zu niesen und bekommt eine nasse Nase. Wenn die Erkältung schlimmer wird, fängt das Tier an, röchelnd zu atmen, und die Nase läuft noch heftiger. In diesem Fall ist es höchste Zeit, den Tierarzt aufzusuchen. Der Tierarzt wird ein Antibiotikum verschreiben. Ein Zwergkaninchen mit Erkältung oder Lungenentzündung sollte in einem zugfreien, warmen Raum gehalten werden (18 bis 21 °C).

Durchfall
Auch Durchfall kann dem Zwergkaninchen sehr zusetzen. Nicht selten hat er einen tödlichen Ausgang für das Tier. Leider ist Durchfall eine Folge falscher Ernährung, manchmal in Kombination mit Zugluft oder Feuchtigkeit. In den meisten Fällen entsteht Durchfall durch Verabreichung von zu viel wasserhaltigem Futter. Verfaultes Futter oder verschmutztes Trinkwasser können auch die Ursache sein. Vieles zur Vorbeugung haben Sie selbst in der Hand. Sollte Ihr Kaninchen trotzdem an Durchfall erkranken, sollten Sie umgehend alle wasserreichen Nahrungsmittel aus dem Käfig entfernen. Geben Sie dem Tier ausschließlich trockenes Brot, gekochten Reis oder Knäckebrot. Ersetzen Sie sein Trinkwasser durch lauwarmen Kamillentee. Säubern Sie die Einstreu und das Nistmaterial zweimal täglich. Sobald es dem Patienten wieder besser geht, sollten Sie die Unterkunft desinfizieren. Durchfall und Erkältung kommen häufig bei (Zwerg-)Kaninchen vor, die von einer der gefährlichen Kaninchenkrankheiten Kokzidiose, Myxomatose oder Schnupfen befallen sind. Da diese Krankheiten sehr ansteckend sind und meistens einen tödlichen Ausgang haben, sollten Sie im Zweifelsfall immer so schnell wie möglich einen Tierarzt aufsuchen!

Kokzidiose
Die häufig auftretende Darmkrankheit Kokzidiose ist besonders für junge Kaninchen äußerst gefährlich. In den ersten sechs bis acht Wochen sind sie besonders anfällig dafür. Kokzidiose ist eine Krankheit, die verschiedene Stadien durchläuft. Sie wird verursacht durch Parasiten, die

Kokzidioseopfer

Gelähmtes Kaninchen

sich im Darm des Kaninchens vermehren. Hygiene, Umgebungstemperatur und Feuchtigkeit spielen bei der Entstehungsursache eine Rolle.
Es gibt verschiedene Arten der Kokzidiose. Symptome sind unter anderem Abmagerung und die Anschwellung der Bauchhöhle. Rechtzeitige medizinische Behandlung kann das Leben des Tieres retten.

Myxomatose

Bei Wildkaninchen ist Myxomatose eine der häufigsten Krankheiten. Sie wird durch Mücken, Flöhe und Zecken verbreitet. Im Anfangsstadium der Myxomatose schwellen die Augenlider an. Es bildet sich eine gelbliche Flüssigkeit, die später eitrig wird. Kurze Zeit später verkleben die Augenlider. Schliesslich schwillt das ganze Gesicht an. Ein infiziertes Tier stirbt meistens innerhalb von anderthalb Wochen. Die Krankheit ist praktisch unheilbar. Es gibt jedoch eine Schutzimpfung. Besonders wenn Sie ihre Tiere draußen halten, in einem Gebiet, wo Myxomatose vorkommt, empfiehlt es sich, die Tiere impfen zu lassen.

Schnupfen

Schnupfen gleicht anfangs einer Erkältung, kann aber mit einem elenden Tod enden. Auch bei dieser bakteriell verursachten Krankheit spielen Hygiene und mangelhafte Unterbringung (kalter, zugiger Stall) eine Rolle. Kurze Zeit nach den ersten Symptomen (niesen und röcheln) fließt eine wässrige Substanz aus der Nase. Dieser Ausfluss wird später eitrig, während das Niesen immer schlimmer wird. Gehen Sie am besten gleich zum Tierarzt. Das Kaninchen wird Atemnot bekommen und innerhalb einer Woche verenden, wenn es nicht behandelt wird. Schnupfen ist oftmals eine langwierige Krankheit, so dass die Tiere stark abmagern.

Geschwülste

Kaninchen haben selten Geschwülste. Wenn sie daran erkranken, ist es meistens im fortgeschrittenen Alter. Geschwülste kommen öfter bei Tieren vor, die aus einer Gruppe stammen, in der es häufig zu Inzucht gekommen ist, das heißt, in dem des Öfteren mit Familienmitgliedern gezüchtet wurde. Meistens sind die Milchdrüsen der Weibchen betroffen. Hautkrebs kann auch die Folge von Geschwulsten sein. Diese Geschwülste sind zwar operabel, eine Operation ist aber wegen des hohen Alters des Patienten oft sinnlos. Eine andere Form von Geschwülsten entsteht als Folge einer subkutanen Infektion. So ein Geschwulst nennt man Abszess. Manchmal ist eine kleine Wunde oberflächlich schon verheilt, unter der Haut besteht aber noch eine Entzündung. Diese Abszesse können vom Tierarzt leicht geöffnet und gesäubert werden. Wenn Ihr Zwergkaninchen eine Geschwulst hat, sollten Sie sofort zum Tierarzt gehen. Zu langes Warten verschlimmert die Lage, sowohl bei Hautkrebs wie auch bei Abszessen.

Knochenbrüche

Kaninchen brechen sich manchmal Knochen, wenn sie von Ihrem Arm herunter springen oder vom Tisch fallen. Ein Tier mit einem gebrochenen Pfötchen wird vermeiden, es zu belasten und sich humpelnd fortbewegen. Wenn es ein glatter Bruch ist (kein abnormaler Stand der Pfote), wird er in wenigen Wochen geheilt sein. In dieser Zeit sollte das Kaninchen seinen Futternapf und seine Tränke mühelos erreichen können. Wenn das Kaninchen sich das Rückgrat gebrochen hat, sollten Sie es einschläfern lassen. Wenn Sie bei einem eventuellen Bruch Zweifel hegen, wenden Sie sich an Ihren Tierarzt.

Zahnmissbildungen

Bei Kaninchen, die mangelhafte Nahrung bekommen, in der zu wenig Mineralstoffe enthalten sind, besteht die Gefahr, dass Zähne abbrechen. Wenn Sie entdecken, dass Ihrem Kaninchen ein Zahn abgebrochen ist, prüfen Sie, ob die Nahrung vollwertig ausbalanciert ist. Ihr Tierarzt kann Tabletten verabreichen, die den Kalziummangel beheben. Ein abgebrochener Vorderzahn wächst von sich aus nach. Prüfen Sie regelmäßig den Verlauf des Vorganges. Die Vorderzähne des Kaninchens wachsen ständig nach und nutzen sich durch Nagen ab. Eine erblich bedingte Veranlagung, ein Schlag oder mangelnde Möglichkeit zum Abwetzen der Zähne kann diesen Vorgang stören. Die Zähne nutzen sich dann unregelmäßig ab und passen nicht mehr richtig aufeinander. Manchmal wachsen die Zähne bis in den gegenüberliegenden Kiefer weiter. Wenn ein Zwergkaninchen zu lange Zähne bekommt, kann es nicht mehr richtig kauen. Es wird abnehmen und letztendlich verhungern. Lange Zähne können leicht gekürzt werden. Der Tierarzt kann es Ihnen zeigen oder für Sie tun, falls Sie sich dies nicht zutrauen.

Zähne und Kiefer eines Kaninchens

Kiefergeschwulst

Zahnmissbildung

Floh

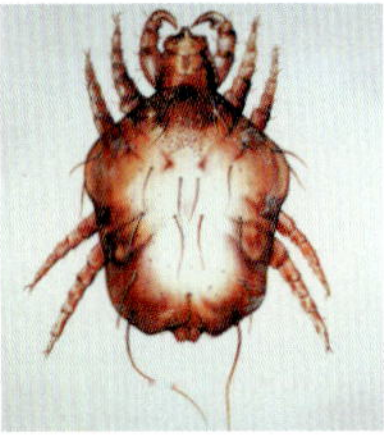

Milbe

Parasitenbefall

Parasiten sind kleine Organismen, die auf Kosten ihres Wirtes leben. Am bekanntesten sind Flöhe bei Hunden und Katzen. Gesunde Kaninchen werden selten von Parasiten befallen. Schwache, kranke oder ungepflegte Tiere werden eher zum Opfer. Parasiten werden meist erst dann entdeckt, wenn das Tier anfängt, sich zu kratzen und kahle Stellen entstehen. Wenn Sie bemerken, dass Ihr Kaninchen Juckreiz hat und sich viel kratzt, hat es wahrscheinlich Läuse (kleine Spinnentiere, die sich von Blut ernähren). Läuse werden meistens durch Vögel übertragen. Ihr Zoofachhändler oder Ihr Tierarzt können Sie beraten, wie Sie die Schädlinge am besten bekämpfen können.

Flöhe

Kaninchen sind an sich nicht sehr anfällig für diese Flöhe. Wenn Sie andere Haustiere (besonders Hunde und Katzen) besitzen, die keine Flöhe haben, wird Ihr Kaninchen normalerweise auch keine haben: Die Flöhe fühlen sich im dichten Kaninchenfell nämlich nicht wohl. Hat Ihre Katze jedoch viele Flöhe, werden sie auch den Sprung zum Kaninchen machen. Bei der Ungezieferbekämpfung sollten Sie Ihr Kaninchen also unbedingt mit einbeziehen. Benutzen Sie am besten ein Anti-Flohpuder oder –spray. Achten Sie aber darauf, dass das Tier das Bekämpfungsmittel nicht einatmet!

Hautmilben

Die Hautmilbe ist ein besonders schädlicher Parasit. Zum Glück kommt er nicht häufig vor, aber wenn Ihr Kaninchen befallen ist, sollten Sie sich auf etwas gefasst machen. Die Hautmilbe ist ein winziges Spinnentier, das sich in der Haut des Wirtes bewegt. Das Tier an sich kann man kaum sehen. Es verursacht aber Krusten und Ausschläge, die innerhalb eines Monats die ganze Haut befallen können. Hautmilben sind ansteckend und können auf andere Tiere übertragen werden. Mittel zur Bekämpfung sind beim Tierarzt und in guten Zoofachgeschäften erhältlich. Lesen Sie gründlich die Gebrauchsanleitung auf der Verpackung. In den meisten Fällen soll das angesteckte Kaninchen in einer Arznei gebadet werden. Trocknen Sie das Kaninchen anschließend gut ab, damit es sich nicht erkältet, und bringen Sie es in einen warmen Raum (ca. 25 ^{O}C).

Ohrmilben oder Ohrräude

Wenn Ihr Kaninchen oft den Kopf schüttelt oder ihn schief hält, kann es sein, dass es von Ohrmilben befallen ist. Ohrmilben sind ebenfalls kleine Spinnentiere, die sich von Ohrenschmalz und Hautschuppen im Gehörgang ernähren. Durch die dauernde Reizung wird immer mehr Ohrenschmalz produziert, bis das ganze Ohr verschmutzt ist. Dies wiederum verursacht einen heftigen Juckreiz. Sie können Ohrmilben einfach erkennen, indem Sie in die Ohrmuschel schauen. Der Tierarzt kann ein Präparat verschreiben, das die Milben sofort vernichtet.

Würmer

Die Gesundheit Ihres Kaninchens kann auch von Würmern beeinträchtigt werden. Sie werden oftmals durch den Kot von Hunden oder Wildkaninchen übertragen. Schneiden Sie deshalb kein Gras an einer Stelle, wo Hunde ausgeführt werden oder Wildkaninchen leben. Es könnten sich Eier bzw. Parasiten darauf befinden. Ein Kaninchen, das Würmer hat, wird nicht sofort sterbenskrank, es wird aber zusehends abnehmen und anfälliger für andere Krankheiten werden.
Wenn Ihr Kaninchen Anzeichen von Verwurmung zeigt, kann der Tierarzt dies anhand einer Kotprobe bestätigen. Sicher hat er auch ein geeignetes Entwurmungspräparat.

Wählen Sie den Platz, an dem Sie Gras schneiden, mit Sorgfalt, damit die Verwurmungsgefahr möglichst eingedämmt wird!

Hautpilz

Manchmal bekommen Kaninchen einen Hautpilz. An Ohren und Nase befinden sich dann kleine Schuppen. Hautpilz ist ziemlich ansteckend für Mensch und Tier, aber er lässt sich relativ einfach behandeln. Lassen Sie der Krankheit jedoch nicht ihren Lauf, das Tier könnte dadurch noch viel schlimmere Krankheiten bekommen. Ihr Tierarzt hat bewährte Mittel gegen Hautpilz.

Altersschwäche

Im Idealfall wird Ihr Kaninchen ohne Krankheiten und Leiden alt. Leider werden Kaninchen bei weitem nicht so alt wie Menschen. Ihre Lebenserwartung liegt im Durchschnitt bei fünf bis sieben Jahren. Wenn Ihr Kaninchen zehn Jahre alt wird, ist es hoch betagt. Sie sollten damit rechnen, dass Sie sich nach einigen Jahren um ein betagtes Kaninchen kümmern müssen. Ein älteres Kaninchen wird mit der Zeit etwas ruhiger und bekommt hier und da graue Stellen im Fell.

Mit einem betagten Tier sollte man behutsam umgehen. Die Zeit der ausgelassenen Spiele ist vorbei, dazu hat es keine Lust mehr. Lassen Sie das Kaninchen soviel wie möglich in Ruhe.

In den letzten Lebenswochen verschlechtert sich das Fell und das Tier nimmt ab. Wahrscheinlich hat es keinen großen Appetit mehr. Drängen Sie es zu keinen Aktivitäten, die es nicht von sich aus unternimmt. Wenn das Tier sichtbare Schmerzen hat, sollten Sie in Betracht ziehen, es vom Tierarzt erlösen zu lassen. Dieser Schritt ist zwar sehr traurig, aber es ist dem Tier gegenüber fairer, als es leiden zu lassen.

Spulwürmer

Tipps

- Kaufen Sie nie impulsiv ein Kaninchen.
- Kaufen Sie nie Tiere auf einem Tiermarkt.
- Achten Sie auf Anzeichen von ansteckenden Krankheiten.
- Kaufen Sie kein Tier in einem Geschäft mit bedenklicher Hygiene.
- Kaufen Sie nie ein zu junges Tier.
- Achten Sie auf den Kot, wenn Sie ein Kaninchen kaufen. Er sollte geformt sein.
- Bringen Sie bei einem Tierarztbesuch etwas Kot mit.
- Entfernen Sie faulende Nahrung aus dem Käfig. Sie kann Krankheiten verursachen.
- Wählen Sie eine gute Einstreu. Sägemehl enthält zuviel Staub.
- Kaninchen mögen keinen Lärm und laute Geräusche.
- Lassen Sie Ihr Kaninchen nicht an Zimmerpflanzen knabbern.
- Geben Sie Ihrem Kaninchen mal Disteln oder Löwenzahn. Es ist ganz verrückt danach.
- Beugen Sie Inzucht nicht nur bei Kaninchen, sondern bei allen Tieren vor.
- Zucken Sie nicht zurück, wenn ein Kaninchen an Ihren Fingern knabbert.
- Achten Sie auf eventuelle Insektizide. Im Zweifelsfall Obst und Gemüse gründlich waschen.
- Zugluft, faulende oder falsche Nahrung, eine zu kleine Behausung und zu viele Tiere auf zu engem Raum können der Gesundheit Ihres Kaninchens schaden. Beugen Sie dem vor.
- Geben Sie dem Kaninchen, vorzugsweise vor der Fütterung, regelmäßig Auslauf im Zimmer. Mit etwas Futter können Sie es dann wieder zu sich locken.
- Isolieren Sie einen ansteckenden Patienten.
- Geben Sie Ihrem Kaninchen keine Süßigkeiten, keinen Kuchen oder Salzgebäck. Es könnte ihm schaden.
- Achten Sie darauf, dass Fress- und Trinknapf nicht kippen können.
- Legen Sie einen flachen Stein in den Käfig. So nutzen sich die Krallen ab.
- Besuchen Sie eine Kleintierschau.
- Achten Sie auf die Größe der Ohren, wenn Sie ein Zwergkaninchen kaufen.

Internet

Im Internet gibt es eine enorme Anzahl von Webseiten und Homepages über Zwergkaninchen. Seiten aus der ganzen Welt, darunter auch die Vereinigten Staaten und England, sind für Sie erreichbar. Es ist nicht schwer, im Internet Informationen zu finden. Geben Sie bei einer Suchmaschine einfach 'Zwergkaninchen' ein, und schon bekommen Sie eine Liste mit einer Anzahl von Seiten, aus denen Sie aussuchen können, welche Sie besuchen möchten. Geben Sie ‚rabbit' ein, dann bekommen Sie eine Liste mit Seiten aus der ganzen Welt. Die unten stehende Übersicht befasst sich mit einigen dieser Seiten. Sie finden dort viele interessante Links zu anderen Seiten mit Informationen oder News. Leider ändern sich die Adressen manchmal, sodass Sie sie nicht mehr abrufen können. Meistens können Sie diese aber noch über die Links anderer Seiten finden.

Viel Spaß beim Surfen!

www.zwergkaninchen.info
Auf dieser Webseite sind viele Informationen zur Zwergkaninchenhaltung, Pflege, Zähmung und Ernährung sowie ein ausführlicher Artikel über das Verhalten von diesen Tieren zu finden. Dazu ein Züchterverzeichnis für ganz Deutschland, eine Mailingliste, ein kostenloser Kleinanzeigenmarkt und vieles mehr.

www.nager.meintier.de
Hier findet man allgemeine Infos rund um die Nagetiere. Von (Zwerg-)Kaninchen über Hamster und Meerscheinchen bis hin zu den Chinchillas. Die am häufigsten gestellten Fragen, ein Forum sowie eine Suchmaschine sind auf dieser Seite vorhanden.

www.Zwergkaninchenwelt2404.de
Empfehlenswerte Webseite rund um das Zwergkaninchen: Haltung, Pflege, Verhalten, Krankheiten, Tipps, Fotos, Vermittlung von Jungtieren und vieles mehr.

www.kaninchenweb.de
Übersichtliche Seite mit vielen Themen, wie zum Beispiel Ernährung, Haltung, Verhalten und Gesundheit. Außerdem findet man viele Buchtipps über das Kaninchen im Allgemeinen.

www.kaninchenzucht.de
Webseite des ZDK mit Rassenfotos, Züchteradressen, Ausstellungsterminen und Tipps rund um das Kaninchen. Hier finden Sie auch alle Adressen von den Landesverbänden.

www.hasen.at
Eine Homepage über Hasen & Kaninchen. Mit vielen schönen Bildern und Geschichten sowie allgemeinen Informationen über die Haltung von (Zwerg-)Kaninchen. Viele Krankheiten werden aufgelistet und in der Rubrik Anatomie wird das Gebiss der Nager erklärt. Ebenfalls gibt es hier ein Forum und einen Chat, in dem man sich austauschen kann.

Vereine

Zentralverband Deutscher Kaninchenzüchter e.V.

Heute befindet sich die Rassekaninchenzucht fast überall auf einem hohen Niveau. Allein bei in Deutschland werden derzeit ca. 73 verschiedene Rassen in ca. 350 Farbenschlägen planmäßig von etwa 185.000 Mitgliedern des Zentralverbandes Deutscher Kaninchenzüchter e.V. (ZDK) gezüchtet und betreut. Hier erhalten Sie nicht nur nationale Infos, sondern auch internationale und weltweite Informationen.

Kontaktadresse:
Oskar Leicht
Maulbronner Straße 21,
D-75248 Ölbronn-Dürrn
Tel. : 07043/2965
Fax: 07043/907549
www.kanchenzucht.de

Zwergkaninchen

Name:	Zwergkaninchen
Lateinischer Name:	*Oryctolagus cuniculus*
Herkunft:	England
Körpergröße:	25–35 cm
Ohrenlänge:	5 cm (Farbzwerg) bis maximal 27 cm (Zwergwidder)
Gewicht:	800–1650 g
Körpertemperatur:	37° C
Geschlechtsreif:	ab 7 Monate
Zuchtreif:	ab 7 Monate
Tragezeit:	28–31 Tage
Wurf:	3–4 (maximal 8)
Geburtsgewicht:	45–70 g
Augen auf:	nach 10 Tagen
Säugezeit:	6–8 Wochen
Lebenserwartung:	5–7 Jahre